Die heimliche Stadt

Oskar Loerke

Abend

Die Bäume wachsen und die Menschen wachsen,

Ich seh es durch den Wind der Worte.

Derweilen säumt mit silbergrüner Borte

Der Abend euer Antlitz, lieben Freunde.

Von seinem Erz erhascht, verweilt das Scheue,

Den Sturz ins Dunkel will es überscheinen.

Die Völker wiegen ewig ihre Kleinen:

Ihr sollt nicht wissen, ihr nicht, was wir seufzten.

Gegen Abend

Hörst du die pfingstliche Botschaft,

In den Steinen Gebraus?

Löse die Zunge den Stummen! -

Doch du stiehlst dich hinaus.

Hob dich so brünstige Kühnheit,

Wenn du gefleht und begehrt,

Weil dich dein Trostgeist getröstet,

Nie ja würd es gewährt?

Manchmal bei rauchendem Dämmern

Hat es dir innen geglüht,

Aber der geißelnde Nachtwind

Rauschte dann immer verfrüht.

Deine Brüder betreiben,

Was sie gelernt und geübt, -

Ach, du müßtest wohl weinen,

Aber du bist zu betrübt.

Aliang

Landüber klagt die Stimme des Dichters Yan-tse-tsai,

Bedeckt mit der Süße der Ferne,

Umwunden von Linien des Vogelflugs, beschüttet mit Mai,

Von Wolken gedämpft, dem Rauche des großen Feuers der Höhe,

Erhört von der Heimat, klagt die Stimme des Dichters Yan-tse-tsai:

»Ist's nicht, wie wenn sie vorüberhusche?

Bist du es, Töchterchen Aliang?

Klare Pupillen wie kleine Tupfen Tusche

Strahlten dein Leben, Aliang.

Ich formte dir einen Gong aus Eis

Auf dem See, dein Auge sah zu,

Noch liegt auf dem Stein aus Wasser der steinerne Kreis

Aus Wasser und schmolz nicht, und du,

Du bist mir hingeschmolzen, Aliang.«

Bildnis der Flora

Flüchtig in Basalt geritzt,

Schreitet die blumenstreuende

Göttin, schleiergewandet.

Liest tausend Jahre die aufgegangne

Keilschrift der Sterne und trifft

Den Mond wie eine angefangne

Morgenländische Schrift.

Oder geht sie, im Feldergarten gelandet,

Vom dicken, gläsernen Regen bespritzt,

Die Sichelnde, die Heuende?

Liest tausend Jahre die aufgegangne

Keilschrift der Sterne und trifft

Den Mond wie eine angefangne

Morgenländische Schrift ?

Das Rätsel, das sie liest,

Sie sät es aus, und Rätsel sprießt. –

Die Alter hauchen in den Basalt

Mit blindem, schwarzem Völkerbrodem:

Nie mischt die schreitende Gestalt

In ihre Trübung den reinen Odem.

Chinesisches Drachensteigen

Wesen, die wir fürchten, meistern,

Die auf unsern Pfaden waren,

Sind gleich windgescharten Geistern

Farbig in die Luft gefahren:

Schiffe, voll getakelt, tragen

In die Wolkenberge Büßer,

Groß geschwänzte Drachen schlagen

Fische, Vögel, Tausendfüßer.

Schwebt die Heimat, die wir lieben,

Über unserm Haupt von hinnen,

Und wir sind zurückgeblieben,

Dem Entschwebten nachzusinnen?

Um die Dschunken aus Papiere

Harfen ausgespannte Drähte,

Durch die hohlen welken Tiere

Weint Musik der Totenstädte.

Greise wir mit klugem Scheine!

Lächeln malt uns in die Falten

Fragen: was wir an der Leine

In den Abendhimmel halten.

Grab des Dichters

Früh sah ich vorne

Vorm Tor, wo der Bauer im Kühlen harkt,

Die feurigen Dorne

Des Morgens zu maßlosem Licht erstarkt.

Der Gott hat Muße.

Andern verblieb es, ein Tagwerk zu tun,

Mir, unter dem Fuße

Der trauernd geschwätzigen Winde zu ruhn.

Wenn die uralte Traube,

Die schwarze, wiederkehrt staubig und warm,

Weckt mich immer der Glaube:

Du sollst nicht schluchzen, der Gott wird nicht arm.

Haus des Dichters

Schau wie Nesselkraut weht

Um zerbrochene Mühlensteine

Mit der verwitterten Rinne

Des nährenden Getreides,

Und wie die Narbe, geglättet, vergeht -

So vergessen die Sinne

Den Weg des Leides,

Doch hört mein Leid nicht auf in dir.

Komm durch Umnachtetes!

Eine Handvoll Sand

Wie das Verweste

Deines eigenen Leibes, -

Staune, wie es vorbei dir fliegt!

Und wie die scheinende Sonne,

Ein Geschlachtetes,

Auf brauner Bank verblutend liegt!

Doch hört mein Glück nicht auf in dir.

Zeitlied

Ich bin betrübt, doch nicht genug.

Da zankt die Welt zerrissen.

Die Sterne fallen in den Schnee

Der harten Bergeskissen.

Der Dunst erstickt die Herde schnell,

Der auffliegt aus dem Meere:

Aus Bein und Blut und müdem Fleisch

Ein Treiben in der Leere.

Der Weisen magres Bild, erhöht,

Zerschmettert mit den Säulen.

Es kreuzt sich Angst- und Jammerzug,

Die frischen Gruben heulen.

Nun ist es spät, nun ist es schwer,

Von Herzen traurig werden,

Denn keine Säulen tragen mehr

Die Traurigkeit auf Erden.

Ferne

1

Durch die Fenster, aus den Büchern,

In der Sehnsucht, im Gewissen:

Ferne! - Mit den Träumen taucht sie

Beim Erwachen in die Kissen.

2

Wie mit Fabelpergamenten

Rauscht die Welt mit ihren Wettern.

Flocken stieben aus den Seiten:

Tanz der abgerißnen Lettern.

Hier im Eise grünen südlich

Nie gepflanzte alte Pinien.

Und ein Bett für Indiens Ströme

Werden in der Hand die Linien.

Gebirg

Die Schatten werden länger,

Die schweigsamen Affen der Dinge.

Es klimmt, es flieht schon bänger

Das Gras aus dem Bache, den Fuß in der Schlinge.

Der Zahn des Strudels klirrt,

Der Wind steht groß und silbergeschirrt.

Sieh, wie das strömende Wasser

Den Felsen doch besiegt,

Die Welle, die vorüberbiegt,

Fortlebt auf geglätteter Tafel -

Deine Seele soll siedeln

Im strömenden Wasser.

Das Ballspiel

Ich sah den fröhlichen Gerechten, den Orangenbaum:

Ein Ballspiel, das den Sommer währt

Und hundert Sommer,

Derweil darüber Wind und Regen gärt.

Und ich sah dich darunter teppichknüpfen, Kind,

Mit Augen wie von Hunden,

Die auf den letzten Steinwurfwarten. -

Das Reich, die Herrlichkeit ist Spiel! -

Dies Weh ist Spott der Bärtigen.

Doch unter deinen Füßen erfriert daran der Grund,

Die ganze Erde wird wie schwarzes Eis:

Sonne bescheint die Träne im Weltall.

Die duftet bitter nach Orangen.

Der Eishauch weckte mich zur Nacht.

Das Ballspiel währte donnernd hoch oben.

Es hatte sich der gelbe Baum.

Ins Blau gebreitet und erhoben.

Doch war er gleich größer als vorher,

Es wurde mir nicht bänger:

Das Schweben war ringsum gerecht,

Die Zeit gerecht, nicht länger.

Da schmolz der Gletscher zur Mitternacht,

Kein Same blieb vergruftet.

Es platzt der Mohn. Es klopft der Specht

Zur Mitternacht.

Die unscheinbare Erde duftet.

Kind, Spiel ist Reich und Herrlichkeit: -

Du hast das Leid.

Es ist gerecht.

Huldigung

Die Adler an den Simsen und die Hunde,

Die über Straßen schliefen wie an Krippen,

Sie schlürfen Lichtblut aus des Dunkels Wunde,

Auf nasses Laub gehauchte Mondeshippen.

Vor einem Café, das man längst geschlossen,

Von eines Segelschirmes weißem Pilze

Bedacht, sitzt Er, geranienglutumflossen,

Allein und spielt mit einem Gläserfilze

Und spricht: »Mein Augenblick ist reich an Jahren,

So wie das Meer erst einsam wird, wenn wir

Es abendlich befahren.«

Im Winde surrt vorbei ein Stück Papier:

Da tanzt der Spukgeist einer Riesenkröte,

Scharrt stößlings hoch, muß sich in Mondsucht drehen.

Doch Li-tai-pe, der Große, stützt die Flöte

Sich dolchgleich unters Kinn, um zuzusehen.

»Die Liebsten, Nächsten mir zur Wechselrede,

Sie siedeln jetzt auf Gipfeln und im Eise -«

Spricht der Unsterbliche.

Er rastet heut bei uns von langer Reise.

Nacht auf der südlichen Insel

Mag vor Sturm und Meeresrasen

Unsre Insel schütter sein,

Sitzen wir mit großen Nasen

Über stillem Felsenwein.

Im Gelärm ist nichts verloren,

Jedes Maultier ist zu Haus,

Ihrer großen klugen Ohren

Schlaf durchhallt das Meergebraus.

Wir bedenken, den wir wußten,

Des Zitronenmondes Lauf,

Glühend brechen wir Langusten

Ruhevollen Griffes auf.

Und es hat ein schönes Grauen

Halb den Tag vorweggenommen,

Grüne Wolkentreppen bauen

Schon der Sonne den Willkommen.

Zeitgleiche

Aus gelber Vase heben dicht im Kreis

Sich Löwenhäupter, Seelen rot und weiß,

Sie ruhn, der Sabbat Edens scheint sie an,

Mein Finger scheut vor ihrem Hort aus Porzellan.

Derweilen ackert Wahnwitz drunten Städte um,

Wie Sicheln stecken runde Tore krumm

In Angern, die nicht mehr zu mähen sind,

Herüber weht der kalte Totenwind.

Standbild der östlichen Gottheit

Wo sind meine Weltenhallen?

Meine Städte sind gefallen.

Städte, die mich ehmals grüßten,

Sind wie Stapfen in den Wüsten -

Stapfen, die den Regen messen,

Ihn vergessen und versiegen,

Noch den Schall der Vögel bergen,

Die bei Nacht zu Meere fliegen,

Und zerbröckeln und verfallen.

Seelen meiner Weltenhallen,

Grüßt die Bahn, die ihr geflogen:

Honigschein von Regenbogen,

Malven, Rosen, die verstauben,

Ausgekühlte Sternenlauben.

Licht in vielen Formen, Farben

Schuf die Dinge, die nicht starben:

Lichtes Glauben, Lichtes Schauen

Wird mit ewig Städte bauen.

Weichbild

Niemand ging verloren.

Das Korn selbst schläft gezählt in den Ähren,

Doch bangt sich ein Wehruf unstillbar.

Niemand ward erschlagen.

Doch bücken im Zwielicht sich Hände

Und waschen Blut von der Erde.

Alles hat seinen Ort: hier bin ich!

Im Garten blühn Pantoffelblumen.

Ach! Und die Sterne steigen

In die verlassenen Wassertröge.

Traumstadt

Klagt nicht, wenn das Neue

Wie Samen im Strome, wie Wille

Des hungrigen Jungtiers nicht reift,

Da doch die Treue

Des Leides, der Stille

Es heiter ergreift.

Kein Bau kann dauern.

Noch klingen die Kellen,

Noch pflückt ihr zum Richtkranz das Laub,

Doch rüsten die Mauern

Sich schon, zu zerschellen

Und aus sich selber zu springen als Staub.

Es funkelt die Hore,

Es klirrt das Gedengel

Der Sicheln in Gottes Land,

Es wirft an die Tore

Babels der Engel,

Noch eh es gebaut ist, den Brand.

Doch vor dem Erliegen

Furchtlos und gerne

Leben die Menschen, ihre Traumstadt wird wahr,

Aufklopfenden Stiegen

Und unterm Sterne

Geduldiger Lampen bleicht ihnen das Haar.

Glüht irr unser Wille,

Das Herz, das neue:

Doch ist ihm, vergeblich zu sein, nicht bestimmt,

Weil seine Treue

Aus Fluch und Stille

Versagte Ewigkeit in sich nimmt.